KB027583

행복한 곰, 비욘 3

더 바랄 게 없어

단ㅊ추

차 례

껌

"아, 몸을 긁는 새로운 방법이구나!"
족제비는 중얼거렸어요.
오늘 아침 토끼는 특이한 방법으로 벼룩을 잡고 있었어요.
토끼는 몸을 꿈틀거리고, 울부짖고,
짜증 내고, 미친듯이 털을 잡아당겼어요.

"나 좀 도와줘!"
토끼가 끙끙댔어요.
"앞발에 뭐가 들러붙었는데
떨어지질 않아."

마침 할 일이 별로 없던 족제비가
토끼에게 딱 달라붙은
이 신기하고 이상한 것, 그러니까
껌을 잡아당겼어요.

당연히 껌은 족제비 앞발에 달라붙었고,
이번에는 토끼가 족제비를 도와주었어요.
그러다 다시 껌이 토끼 귀에 붙었어요.
족제비는 친구인 토끼를
살짝도 못 물겠다고 중얼거렸어요.
그렇게 하면 분명 껌을 뗄 수 있겠지만요.

바로 그때 깨새가 나타났어요.
깨새는 껌을 어떻게 처리해야 하는지 잘 알고 있었죠.
깨새는 조심스럽게 문제를 해결했어요.
부리로 톡톡 치자 껌이 땅으로 떨어졌어요.
이제 되었어요.

"더 이상은 못 참아."
다들 입을 모아 말했어요.

요전에 오소리는 감자칩 봉지를
밟는 바람에 발에 묻은 기름을 닦느라
오후 내내 발을 핥았어요.

지난주에는 깨새 목이 플라스틱 조각에 꽉 조이는 일이 있었고요.
그전에는 부엉이가 우연히 깡통에 몸을 쏙 넣었다가
몇 시간 뒤에야 겨우 빠져나왔어요.

뭐라도 해야 해요.
마루와 함께 산책을 하고 막 돌아온
비욘과 여우도 고개를 끄덕였어요.

족제비가 표지판을 만들자고 했어요.
여우는 족제비 의견이 마음에 쏙 들었어요.

숲 끄트머리에 세워 놓을 표지판에 메시지를 썼어요.
친구들은 즐겁게 숲 끄트머리까지 슬슬 걸어갔어요.
가는 길에도 쓰레기가 떨어져 있었어요.

토끼가 소리쳤어요.
"여기저기에 쓰레기가 있어!"
마루는 쓰레기를 집어서 얼른 봉투에
집어넣었어요.
마루는 사람들이 부끄러웠어요.

"여기 또 있다!"
깡통하고 티슈 통, 신발 한 짝, 플라스틱 뚜껑도 찾았어요.
쓰레기를 하나씩 찾을 때마다 다들 소리를 질렀어요.

쓰레기를 다 모아서 커다란 쓰레기 산을 만들었어요.
숲이 훨씬 깨끗해 보여서 기분이 좋았어요.
여기에 표지판을 세우기로 했어요. 그러려고 왔으니까요.
흥분한 토끼는 계속 쓰레기를 찾아다닐 것 같지만요.

자동차 한 대가 멈추더니
한 사람이 믿을 수 없다는 듯 쓰레기 더미를 잠시 쳐다보았어요.
그러고는 트렁크에서 커다란 쓰레기 봉투를 꺼내
쓰레기를 몽땅 담았어요.

그는 웃으며 손을 흔들고는 숲을 떠났어요.

다들 피곤했지만 기분은 좋았어요.
토끼의 목소리는 여전히 컸어요.

"아주 좋아."
비욘은 착한 일을 했다고 느꼈어요.
"그래, 좋아. 그렇지만 우리가 치운 건
숲의 아주 일부일 뿐이야."
토끼가 좀 아쉬워했어요.

작지만 시작했다는 것에 의미가 있는 거죠,
안 그래요?

뜻밖의 일

비욘은 먼지 구덩이에서 뒹굴뒹굴하는 걸 아주 좋아해요.
진흙에서 구르는 것도요.
진흙에서 구르면 털 속에 있던 때가 잘 빠지거든요.

진흙이 마르면 작은 껍질처럼 털에서 떨어져요.
그러면 아주 기분이 좋아요.

바로 오늘, 비욘은 진흙 목욕을 하려고 했어요.
그러고 나서 낮잠을 잘 생각이었어요.

비욘은 늘 가던 연못에 갔어요.
그런데 거기에서 누군가 목욕을 하고 있었어요.
비욘이 가장 좋아하는 자리에서요.

비욘은 화가 났어요.
딱 그 자리에서 목욕하는 걸 좋아하거든요.
다른 자리는 불편해요.
비욘은 마음먹은 대로 할 수 없었어요.
목욕도, 마른 진흙 껍질도요.

이제 뭘 해야 할까요?
연못에 있는 저 친구는 아주 행복해 보여요.
비욘은 몸을 틀어 돌아가요.
이건 비욘이 기대했던 하루가 아니에요.
하루를 망칠 것 같았어요.

갑자기 엄청 멋진 빨간 잎 하나가 비욘 앞에 떨어졌어요.

가을도 아닌 계절에 이런 잎사귀를 만나다니 정말 놀라웠어요.
비욘은 잎에서 눈을 떼지 못했어요.

비욘은 자기도 모르게
잎을 따라가기 시작했어요.
숨을 후 불자 잎이 빙글 돌더니
휙 날아올랐어요.
비욘은 얼른 고개를
뒤로 젖혔어요.

비욘은 잠시 잎을 쫓아다니다가 금방 붙잡았어요.
잎은 빛을 받아 반짝반짝 빛났어요!

하지만 벌써 낮잠 잘 시간이에요.
비욘은 내일 목욕을 할 거랍니다.

식당

오늘 아침 토끼는 잠에서 깨다
좋은 생각이 번쩍 떠올랐어요.
바로 식당을 차리는 거예요.

사람들은 종종 이런 일을 벌인다고
도시 오리가 이야기해 주었거든요.

오소리는 토끼랑 식당을
차리고 싶지 않았어요.
"그건 그다지 중요하지 않아.
넌 식당 손님을 하면 되니까."

토끼는 식당에 대해 잘 알고 있어요.
요리사와 종업원, 식탁, 식탁보 그리고 요리가 필요해요.
종업원을 하고 싶은 족제비는
벌써 식탁 사이를 뛰어다녔어요.

"두 번째 손님도 있어야 해. 비욘, 너 할래?"

비욘이 하겠다고 했어요.
손님은 앉아서 기다리는 일을 해요.
이건 비욘에게 딱 맞는 일이에요.

여우는 깨새와 둘이서
열심히 메뉴판을 만들었어요.

메뉴판에는 여러 가지 메뉴가 필요해요.
분명 열매가 들어갈 거예요.
과일은 모두가 좋아할 거고요.
여우는 '들장미 열매'라는 말은
쓰기 어렵다고 생각했어요.

어쩌면 후식으로 무화과를
추천할 수도 있어요.

그러는 사이 까치가 그릇 세트를 가져왔어요.
올빼미는 아주아주 느긋하게 식탁을 차렸어요.

토끼는 이리저리 뛰어다니면서 이런저런 지시를 했어요.

칼은 여기, 물컵은 저기.
식탁보는 이렇게, 냅킨은 저렇게.

비욘은 오소리와 같이 앉아도 되는지 물었어요.
둘은 서로 이야기를 할 수 있을 거예요.

깨새가 틀린 글자로 가득하지만
정말 예쁜 메뉴판을 가지고 왔어요.
어쨌든 오소리는 읽을 줄 몰랐고,
비욘은 안경을 가져오지 않았죠.

여우가 요리를 하나하나 읽어 주었어요.
족제비는 주문을 받았고요.

이제 뭘 해야 할까요?

토끼는 지쳐서 잠깐 잠이 들었어요.

잠에서 깬 토끼는 얼굴이 하얘졌어요.
"어떡해, 나 요리를 안 했어!"

"안 해도 돼. 너의 식당은 아주 완벽하니까."
깨새가 먹을 것을 싸온 친구들을 돌아보면서 말했답니다.

이런 날도 있어

오늘 비욘은 누구하고도 이야기하고 싶지 않아요.
화가 나지도 슬프지도 피곤하지도 않아요.
그냥 아무하고도 이야기하고 싶지 않은 거예요.

비욘은 그저 아무 말 없이 누군가의 옆에 앉아 있고 싶어요.
오소리는 비욘의 마음을 정말 잘 알고 있어요.
이런 게 바로 친구 아닐까요?

숨바꼭질

"비욘, 너 그거 알아?"
"아니."
"숲속 빈터에 처음 보는 동물이 있대."
"사슴만큼 크대."

'드디어 새 친구가 왔나 보네.'
비욘은 생각했어요.

다 같이 새 친구를 보러 가요.

빈터 한쪽 끝에 오늘 아침에는 없던 덤불이 보였어요.

"그냥 덤불이잖아." 비온이 말했어요.
"눈이 달렸다고." 토끼가 속삭였어요.
"내가 안녕? 하고 인사했는데 아무 대답도 없었어."
다람쥐가 화를 냈어요.

족제비는 그 앞으로 뛰어가서 폴짝거리다
숨어도 보고 코를 킁킁대기도 하다가 폴짝 뛰어 돌아왔어요.
족제비는 너무 빨리 지나친 바람에 아무것도 못 봤어요.

"분명 사람이야. 분명해. 딱 사람 냄새야!"
"하지만 사람이 여기서 뭐 해?"
"저 사람은 해가 뜰 때부터 저기 있었다고."
다람쥐가 말했어요.

사람에게 그건 꽤 긴 시간이에요.
비욘은 저 사람이 꽤 흥미롭긴 하지만 지금은 송어가 먹고 싶어요.
이 문제는 나중에 다시 생각하면 되니까요.

"그래, 바로 그거야.
저 사람은 숨바꼭질을 하는 거야."
뒤에서 누군가 소리쳤어요.

곰곰이 생각에 잠겨 있던 토끼였어요.
그래요, 바로 그거예요.
지금 숨바꼭질을 하고 있는 거예요.
누구보다 잘 노는 친구들이 여기 있어요.

다람쥐가 하나둘 수를 세는 동안
각자 좋아하는 곳을 찾아 숨어요.

나뭇잎 아래 숨고,

그루터기 뒤에 숨고,

바위 뒤 아니면
몸을 숨길 수 있는 구멍 속…

다람쥐는 술래에게 들켰다고 알려 주려고
사람한테 호두 껍데기를 던졌어요.
아무것도 움직이지 않았어요.
모두 덤불을 바라보았어요.

톡!

계속 덤불을 지켜봤지만
아무런 인기척도 없었어요.

숲속 친구들은 탐정 놀이를 시작했어요.

여우는 눈 색깔을 알려 줬어요.
까치는 나뭇잎 속에서 셔츠 단추 하나를 찾아냈어요.
토끼는 샌드위치에서 떨어진 조각을 찾아냈어요.
(냄새를 맡기도 전에 오소리가 먹어 치웠지만요.)

친구들은 꼼꼼하게 조사했어요.

조류학자는 몸이 뻐근했어요.
숲속에서 꽤 오래 관찰했거든요.
조류학자는 가짜 덤불에서 나와 텐트를 접었어요.

동물들은 깜짝 놀랐어요.
그 사람은 비닐 같은 초록 천으로 덮여 있었어요.
저건 물이 스며들지 않는 털이라고 비욘이 알려 줬어요.
마루가 비욘에게 설명해 준 적이 있었거든요.
물방울이 스며들지 않고 털 위에서 굴러다닌다니 정말 놀라워요.
사람들은 정말 재미있어요.

그날 저녁, 조류학자는 여우의 꼬리도 보고,
분명 다람쥐가 깨물어 먹은 호두 껍데기도 찾았다며
뿌듯해했어요.

동물들도 조류학자를 만나서
정말 기뻤답니다.

전시회

오늘 비욘은 마루에게 편지를 한 통 받았어요.
비욘은 편지를 모두에게 읽어 주고 싶었어요.
마루는 정말 놀라운 것들을 이야기해 주니까요.
마루는 전시회에 다녀왔대요.

마루는 그림을 감상했어요.
어떤 건 풍경을 그렸고,
어떤 건 과일을 그렸어요.
색깔과 모양만 그린 그림도 있었어요.

마루는 편지 봉투에 미술관 입장권을 붙여 주었어요.
엄마 것도요.
정말 놀라웠어요!
거기에는 그림도 있고, 날짜와 글자도 있었어요.
비욘은 그 글자가 먼지 몰랐지만,
아마 화가 이름 같아요.

매끈매끈하고 알록달록한 종이 입장권을 보고 모두 감탄했어요!
"우리도 우리의 입장권을 만들어 보자!"

비욘의 동굴 옆에
신나는 작업실이 생겼어요.

모두 열심히 글씨도 쓰고, 크레용으로 색칠도 하고,
가위를 빌려주기도 했어요.
열심히 집중해서 만들다가 기뻐도 하다가 뒤죽박죽이에요.
시간이 빨리 흘러요.

입장권 만들기가 끝날 무렵, 날이 슬슬 저물었어요.
동물들은 정말 뿌듯했어요.
다들 솜씨가 너무 좋아서 정말 멋진 입장권이 완성되었거든요.

해가 점점 기울면서 하늘이 장밋빛으로 물들어요.
다 함께 해가 저무는 하늘을 볼 거예요.

이번 전시는 정말 좋았어요.

책

지금 비욘은 책을 읽고 있어요.
책을 다 읽는 데 며칠 걸릴 거예요.
책은 광고 카탈로그나 엽서보다 크고 두꺼워요.
하지만 비욘이 하루 종일 책을 읽는 건 아니에요.

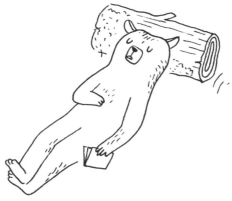

비욘은 책을 쓴 사람에 대해 생각했어요.
책상에 앉아 썼을까, 아니면 기차에서
썼을까 궁금해요.
글을 단숨에 써내려 갔는지,
책의 1장과 2장 사이에 누군가 작가를
만나러 오지는 않았는지도요.

비욘도 책을 쓰고 싶었어요.
책을 쓰려면 종이와 펜이 필요해요.
당장 뭘 써야 할지 모르겠어요.

"토끼의 놀라운 모험을 써 봐!"
토끼가 제안했어요.
"나는 위대한 사랑 이야기를 써야 한다고 생각해."
오소리가 말했어요.
"우리 이야기를 해 봐."
여우가 의견을 냈어요.
"우리 이야기?"

'우리 숲이 아름답긴 하지.' 비욘은 생각했어요.

그럼 후득 후드드득 봄에 내리는 소나기의
커다란 빗방울 소리에 대해 이야기해야 해요.
찰방찰방 웅덩이를 걸을 때 발가락을 간지럽히는 진흙도,
배를 따뜻하게 해 주는 태양도요!

다 익지도 않았는데 먹는 바람에
너무 시어서 뱉어 낸
처음 먹은 오디도,
밤에 맡는 나무 냄새도요!

비욘이 책에 쓸 이야기가 친구들에게 있다니, 정말 흥미로워요.

토끼가 굴을 잘못 만든 날도
이야기해야 해요.
오소리가 수달 가족 모두를 구한
영웅적인 이야기도요.

여우의 사촌이 방문한 날,
그리고 족제비가 캠핑하는 사람의
신발에서 잠든 일,
올빼미가 스키 타러 간 일과
인간을 길들인 다람쥐도요.
티티새를 따라하는 깨새까지 이야기해야 해요.

할 이야기가 정말 많아요. 오후가 순식간에 지나가요.

비욘은 마지막으로 이렇게 중얼거렸어요.
시간이 없다고.
이제 충분하다고. 그래도 책을 쓰는 데
시간이 좀 걸릴 거 같다고요.

"그럼 토끼의 사촌하고
신 오디, 나무 냄새랑
빗소리는 어쩌고?"

금세 비가 내리기 시작해요.
툭 투툭, 모두 나무 꼭대기에 매달린 나뭇잎에
처음 닿는 빗방울 소리를 들어요.

"어쩌면 언젠가 우리를 위해
누군가가 책을 써 줄 거야."
비욘이 중얼거렸어요.

지은이 델핀 페레

프랑스에서 태어나 스트라스부르 장식미술학교에서 공부했습니다.

자연과 동물을 좋아해 어린 시절부터 동물을 주인공으로 이야기를 쓰고 싶었습니다.

단순한 것을 좋아해 주로 마커와 연필 등 간단한 도구로 그림을 그립니다.

자전거를 타고 도시를 여행하는 것을 좋아하며 리옹에 살면서 글을 쓰고 그림을 그립니다.

〈행복한 곰, 비옹〉 시리즈로 2016년 프랑스 몽트뢰유 도서전에서 최고의 도서 상을, 2017년에 프랑스의

대표적인 그림책 상인 마녀 상과 독일 화이트 레이번스 상을 받았습니다.

옮긴이 김연희

고려대학교에서 불어불문학을 공부하고, 출판사에서 오랫동안 어린이책을 만들었습니다.

뒤늦게 시작했지만 새롭게 프랑스 말의 매력을 발견하고 어떻게 우리말로

잘 옮길지를 고민하고 있습니다. 옮긴 책으로 《우리 학교에 시리아 친구가 옵니다》

《슈퍼 히어로: 특별한 능력을 가진 동물들》 《인체 대탐험》 등이 있습니다.